Gill

I0639165

VOYAGE FANTASTIQUE

# DU PETIT TRIMM

## A LA QUEUE D'UN CHAT

C.

# BIBLIOTHÈQUE DU PETIT POUCET

## VOYAGE FANTASTIQUE

## DU PETIT TRIMM

### À LA QUEUE D'UN CHAT

Par AND. GILL

## LE GANTIER DE TUNIS

Par CHARLES WARÉE

## PARIS

Gustave RICHARD, Éditeur

6, rue du Pont-de-Lodi, 6

1866

Metz. — Imp. de Ch. Thomas, rue Jurue, 1.

AND. GILL

---

## VOYAGE FANTASTIQUE

# DU PETIT TRIMM

### A LÀ QUEUE D'UN CHAT

Je parierais bien deux douzaines de belles
images dorées, contre deux mauvaises plumes,
que vous n'avez pas connu le petit Trimm, et
c'était cependant, mes chers petits lecteurs, le
plus joyeux écolier qu'on ait jamais vu depuis

qu'il y a des petits garçons et qu'ils vont à l'école.

Il avait environ sept ans à l'époque où je l'ai

connu, et il n'avait pas son pareil parmi tous ses camarades pour l'adresse, l'espiéglerie et l'intelligence. Il se tirait du devoir le plus difficile

aussi facilement qu'il eut fait une partie de billes,
et je lui ai entendu réciter d'une façon très-

gentille et sans se tromper jusqu'à trois fables

qu'il avait apprises par cœur, en moins de temps
qu'il n'en faut pour faire un château de cartes;
son professeur, monsieur Gambinet, m'a souvent
dit que le petit Trimm était le meilleur élève de
sa classe. Ajoutez à cela qu'il avait de beaux
cheveux blonds bouclés, de grands yeux bleus,
et une jolie bouche rose qui ne mentait jamais et
vous comprendrez, que tous ceux qui le voyaient
passer, disaient: oh le beau petit garçon! et que
toutes les mamans auraient voulu l'avoir pour
fils.

Eh bien, mes chers enfants, malgré tout cela,
il manquait au petit Trimm, une qualité essen-
tielle, il n'était pas très-charitable, il oubliait
volontiers la peine des autres pour ne s'occuper
que de son plaisir, et, même, je me souviens
que le curé de son village lui fit un jour de vifs
reproches qu'il méritait bien, car il s'était moqué

d'un pauvre bossu et lui avait demandé son dos
pour en faire un pupitre.

C'est vers cette époque qu'il arriva une chose
singulière que je veux vous raconter :

Le petit Trimm, qui était un bon fils plein de
prévenances, offrit à son père, pour le jour de
sa fête, un compliment si bien écrit, sur beau
papier doré, que ses parents résolurent de l'en

récompenser par quelque joli cadeau. Ils n'y manquèrent pas, et, le lendemain matin, à sa grande et joyeuse surprise, le petit Trimm reçut un beau théâtre de Guignol, tout neuf, avec les rideaux à franges d'or. Guignol, madame Guignol,

superbement vêtus, le Commissaire et le bâton pour rosser le Commissaire ; rien n'y manquait, pas même le chat obligé, qui se tient toujours sur le rebord du théâtre.

De ce magnifique présent, ce fut le chat que
le petit Trimm admira le plus : il était tout blanc
sans aucune tache, et ses bonds gracieux, ses
gentilles manières ainsi que sa robe soyeuse,
faisaient plaisir à voir. Son heureux maître le

nomma tout de suite *Minouillard*, parce qu'il
faut qu'un chat ait un nom, et lui donna tous
ses soins et sa tendresse. Toute la journée, il
prit plaisir à jouer avec lui, oubliant ses autres
jouets ; tantôt le faisant sauter dans un cerceau,
tantôt le faisant courir après une balle de di-

verses couleurs, tantôt enfin l'habillant avec le propre costume de Monsieur Guignol.

Mais il n'est rien dont on ne se lasse, et, sans doute, vous avez tous éprouvé déjà, mes chers enfants, que le jeu fatigue au moins autant que l'étude. Le petit Trimm s'en aperçut bien, quand vint le soir, et le souper terminé, après avoir embrassé et remercié encore une fois ses parents, il prit sa bougie et monta se coucher, emmenant avec lui son nouvel ami, son cher Minouillard. Le sommeil appesantissait ses paupières; il se hâta de se déshabiller; comme il ôtait son gilet, un objet tomba de sa poche; il le ramassa : c'était le porte-monnaie contenant ses économies. Il le replaça soigneusement dans son gousset; puis, il fit une courte prière, devoir auquel il ne manquait jamais. Alors il se mit au lit, donna

un dernier regard à son beau chat blanc qui s'était établi de lui-même sur le tapis, et s'endormit . . . . . . . . . . . . . . . . . . . . . . . . . . . . .
. . . . . . . . . . . . . . . . . . . . . . . . . . . . . . . .

Comme il sommeillait déjà depuis quelque temps, Trimm sentit quelque chose qui lui grattait les jambes; il regarda pour en connaître la cause, et vit son chat blanc qui était grimpé sur le lit.

— Il aura eu froid par terre, et sera monté pour se réchauffer; ce n'est déjà pas si bête! pensa le dormeur. Et il se disposait à refermer les yeux; mais Minouillard gratta de plus belle.

— Que veut-il donc? se dit Trimm.

Pour le coup il fixa le chat attentivement:

Celui-ci s'était dressé sur son séant et, tout

en remuant doucement la queue et les pattes de

devant, il regardait son maître avec une intelligence extraordinaire.

— Que peut-il vouloir dire? pensa notre dormeur réveillé.

Mais jugez un peu de son étonnement, lorsque son chat se mit à l'appeler très-distinctement :

— Trimm! mon cher Trimm!

— Oh! oh! se dit Trimm; ma nourrice ne plaisantait donc pas, quand elle me dit que les bêtes parlaient; j'aurais cru que c'était là des contes pour les tout petits enfants.

Et il répondit au chat :

— Je t'écoute, mon cher Minouillard : me voici ; mais dis-moi donc, je te prie, si tu as l'habitude de parler, et si toutes les bêtes en font autant ; tu es la première que j'entends.

— Non, mon cher Trimm, répondit le chat ; les bêtes ne parlent pas, et si, pour cette fois seulement, je fais exception à la règle, c'est qu'une puissance supérieure m'en donne le pouvoir, afin que je puisse te servir de guide et de conseil.

— Et pourquoi serais-tu mon guide et mon conseil ? demanda l'écolier.

— Afin, répondit le chat, que tu voies et que tu apprennes bien des choses que tu parais ignorer.

—- Ah bah! fit Trimm émerveillé, et que faudra-t-il que je fasse pour cela.

— Tu le verras bien ; commence par empoigner ma queue et n'aie pas peur : nous allons voyager.

— Tiens ! Tiens ! Tiens ! se dit Trimm ; nous allons bien voir.

Mais à peine eut-il saisi à deux mains la queue de Minouillard, qu'il se trouva, sur le champ, sans savoir comment, revêtu de ses habits et que le chat s'élança dans l'espace en s'écriant :

— Allons ! en route !

Notre ami l'écolier n'eut que le temps de se

cramponner le plus solidement possible ; son

chat l'entraînait avec rapidité. . . . . . . . . . . . . .

Chose extraordinaire, Trimm s'aperçut qu'il traversait les portes et les fenêtres fermées sans éprouver aucun obstacle, le chat l'entraînait dans l'espace avec une vitesse singulière, tantôt ils montaient tous deux vers les nuages, tantôt ils redescendaient vers la cime des arbres, et quelquefois même rasaient la terre. Après une course qui dura quelques minutes, le chat ralentit la vitesse du mouvement et dit à Trimm: Petit Trimm, regarde autour de toi. Le jeune écolier un peu essoufflé ne répondit pas tout d'abord ; enfin il s'écria: Mon cher Minouillard, je ne vois rien que les étoiles, il fait nuit. A l'instant même le chat secoua ses poils et de toutes les parties de son corps blanc comme la neige, sortirent des rayons lumineux qui vinrent éclairer la campagne environnante et l'immensité du ciel. Trimm, effrayé, faillit lâcher la queue

de son chat, mais une puissance plus forte que
sa volonté le retint et l'empêcha de tomber dans
le vide. Après avoir écarquillé un moment ses
yeux éblouis, Trimm distingua les objets comme
en plein jour. Les arbres, les maisons s'enfuyaient
sur son passage et l'écolier se divertit beaucoup
de ce qu'il voyait. Après avoir voyagé quelque
temps dans la campagne, ils arrivèrent à la
porte d'un village et ils entrèrent dans la grande
rue. Trimm abandonna la queue de son chat,
qui lui donna la patte, et ils se mirent à marcher de pair et compagnons, à la hauteur d'un
premier étage.

Le chat conduisait son jeune compagnon vers
une maison qu'il venait de lui indiquer au bout
de la rue. A peine venaient-ils d'en toucher les
murs que la grande lueur qui éclairait leur
marche s'éteignit tout-à-coup

— Nous n'avons pas besoin de la lumière que je puis tirer de ma fourrure, dit le chat, car

nous allons observer ce qui se passe à l'intérieur des chambres dont les habitants veillent et qui, par conséquent, sont éclairées.

En même temps, il enleva l'écolier tout au haut de la maison et lui dit d'appliquer son œil à l'ouverture d'une lucarne devant laquelle ils s'arrêtèrent.

Trimm vit un triste tableau :

A la lueur d'une maigre chandelle qui achevait de se consumer, une pauvre femme était courbée sur un ouvrage pénible, sans doute, car elle tirait l'aiguille avec effort ; dans un coin du misérable logis, on apercevait les rideaux d'un berceau où sommeillait paisiblement un petit enfant. La pauvre mère était bien fatiguée, la veille avait rougi ses yeux, et sa tête, que le sommeil appesantissait, se courbait de plus en plus. Mais, de temps en temps, elle jetait un regard sur le berceau et cette vue lui faisait reprendre sa tâche avec courage.

— C'est une pauvre veuve, dit le chat, tout bas, à l'écolier; elle travaille ainsi toute la nuit pour que son enfant ne manque de rien lorsqu'il s'éveillera.

Trimm sentit son cœur se gonfler de pitié.

— Eh bien? dit le chat qui l'observait, que vas-tu faire?

— Mais..... je ne sais pas, dit Trimm.

— Ne pense-tu pas comme moi, reprit Minouillard, qu'avec un peu de l'argent destiné à tes menus plaisirs et qui est là dans ta poche, tu pourrais alléger la misère de cette pauvre mère?

— Mais, dit l'écolier, cet argent-là, mon père

me l'a donné pour acheter des billes, des toupies, un cheval de bois et d'autres jouets.

— Alors, tu achèteras des billes, des toupies, un cheval de bois, dit le chat d'un air mécon-

tent, et cette pauvre femme passera toutes les nuits à travailler et mourra de fatigue : n'en parlons plus.

Mais le petit Trimm, mes chers enfants, n'a-

vait pas si mauvais cœur que cela ; seulement il
était un peu égoïste, je vous l'ai dit, et la pensée de faire du bien ne lui venait pas naturelle-
ment.

A la dernière réflexion de son guide, il rougit
de sa dureté, prit une partie de ses économies
et la mit dans la patte du chat qui l'alla verser
dans la cheminée d'où la monnaie tomba
joyeusement sur la table de la pauvre mère et
s'éparpilla dans la chambre.

Trimm était resté à la lucarne ; lorsqu'il vit
l'expression de bonheur de la malheureuse à ce
secours inattendu qui semblait lui tomber du
ciel, il commença de concevoir le plaisir qu'on
peut ressentir en exerçant la *Charité*.

Son cher Minouillard le rejoignit aussitôt ; ils

reprirent leur course, et, pendant la nuit, Trimm
vit encore bien des misères qu'il soulagea, grâce
aux conseils du bon chat.

Quand le jour commença de poindre, ils se
trouvaient à la lisière d'une forêt ; ils y entrèrent
en se tenant bras dessus, patte dessous.

Ils marchaient depuis quelque temps lorsqu'ils
aperçurent un pauvre homme qui semblait un
mendiant et qui, étendu sur la mousse, poussait
de profonds soupirs.

Le chat s'arrêta devant lui :

— Qu'avez-vous ? mon brave homme, demanda-t-il.

— Hélas! répondit celui-ci, je viens de faire un bien long voyage. Depuis longtemps déjà, je

souffre de la faim et de la fatigue; j'ai fait cependant tous mes efforts, car je touche presque au but, mais voici que je ne puis plus marcher et que je vais mourir de faim ; c'est pourquoi je me suis étendu sur ce gazon.

Cette fois le petit Trimm n'eut pas besoin des exhortations de son chat ; il retourna en courant au village le plus proche, y acheta des provisions avec ce qui lui restait d'argent et les rapporta, toujours courant, au pauvre mendiant.

— Ah ! merci ; vous êtes bon, dit simplement celui-ci.

Et il se mit à manger avec avidité. Quand ce repas fut terminé, le chat fit signe à Trimm pour qu'il lui prit la queue, et dit au voyageur :

— Maintenant saisissez la blouse de cet en-

fant; nous allons vous reconduire sans fatigue.

Aussitôt cela fait, il recommença de s'élancer
dans l'air, franchissant la distance avec une rapidité plus grande encore que la première fois.

Il ne fallut pas plus d'une heure de cette course;
le pauvre voyageur s'écria tout-à-coup :

— Nous sommes arrivés, voici la maison de
mon père.

Le chat descendit à l'instant avec ses deux
voyageurs et les déposa à terre, sur le faîte d'une
haute montagne devant la porte d'un palais magnifique. Jugez de l'étonnement du petit Trimm.

— Mais vous êtes donc le fils d'un roi ? demanda-t-il à celui qu'il avait secouru.

— Mon Dieu oui, répondit celui-ci.

Le chat regardait Trimm d'un air souriant.

Ils entrèrent.

C'était, comme je vous l'ai dit, un palais merveilleux où le marbre, le jaspe, l'agathe et le porphyre, l'ivoire, l'argent et l'or étaient prodigués comme les mœllons dans nos simples maisons.

Après avoir traversé plusieurs vestibules étincelants, ils parvinrent au seuil d'une vaste salle encore plus éblouissante, soutenue par douze colonnes d'argent massif.

Au milieu, sur un trône dont les yeux pouvaient à peine supporter l'éclat et auquel on par-

venait par trois marches d'or, était assis un auguste vieillard; une longue barbe blanche lui couvrait la poitrine, et sa tête qui inspirait un respect inexprimable, avait l'expression de visage d'un homme qui attend.

Autour du trône, tout constellé de rubis, de saphyrs et d'émeraudes, étaient rangés des musiciens vêtus de robes brillantes, d'un tissu plus fin que la soie. Ils étaient appuyés sur des harpes d'ivoire dont ils faisaient résonner les cordes d'or, et formaient un concert d'une harmonie étrange et si douce que le petit Trimm aurait écouté volontiers pendant plusieurs années sans se lasser de l'entendre.

Cependant dès qu'il aperçut le pauvre mendiant, le vieillard, qui était assis sur le trône, se leva et aussitôt la musique se tût. Le roi des-

cendit vivement et vint embrasser tendrement le
pauvre homme en haillons en s'écriant :

— Voilà mon cher fils! mon fils qui revient
sain et sauf de son long voyage.

— Oui, mon père, répondit le voyageur;
mais, sans un enfant charitable qui m'a secouru,
vous ne m'eussiez jamais revu.

— Où est-il? s'écria le roi, je veux l'embrasser et lui donner de mes trésors autant qu'il en
pourra emporter.

Trimm s'avança tout rougissant, son chat le
poussait doucement; le roi l'embrassa, le prit par

la main et le fit asseoir près de son trône.....

Et Trimm se réveilla.

Car tout ceci, mes chers enfants, était un rêve, et Trimm n'avait pas cessé de dormir. Il se frotta les yeux et se mit sur son séant; rien n'était changé dans sa chambre, le chat dormait tranquillement sur le tapis comme la veille.

En s'habillant, il remarqua que son porte-monnaie était toujours dans sa poche et que rien ne manquait à ses économies.

Je ne sais pourquoi il ne parla pas de son rêve à ses parents, mais dès qu'il vit Monsieur le Curé, il le lui raconta et lui en demanda l'explication.

Monsieur le curé l'écouta gravement et, le récit terminé, il prit le petit Trimm par la main

et le mena chez lui, dans sa chambre où il le fit asseoir.

Il alla ensuite prendre dans sa bibliothèque

un livre qu'il rapporta ; c'était un vieux livre très-simplement recouvert et que le curé avait

du feuilleter bien des fois, car la reliure était tout abimée et les coins écornés.

Le bon prêtre l'ouvrit, et presque sans cher-cher, il lut tout haut les deux phrases que voici:

— « Ce que je vous commande, c'est de « vous aimer les uns les autres. »

— « Que celui qui a deux habits en donne
« un à celui qui n'en a point, et que celui qui
« a de quoi manger agisse de la même ma-
« nière. »

— Ceci, mon cher enfant, dit le curé, ce
sont les propres paroles du bon Dieu.

Et il ajouta :

— Quant à votre rêve, je crois que le mendiant que vous y avez vu doit vous représenter
les pauvres que le bon Dieu recevra dans son
paradis comme ses fils, avec ceux qui les auront
secourus. Ce songe est pour vous un avertisse-
ment salutaire; allez, mon enfant, et soyez
charitable.

. . . . . . . . . . . . . . . . . . . . . . . . . . . . . . . . . . . .

Le petit Trimm vit encore, mais on ne l'appelle plus ainsi ; c'est maintenant un homme ; il est fort heureux et tous ceux qui le connaissent l'aiment et l'admirent, car nul, mieux que lui, ne pratique cette belle vertu, la charité.

Quant au chat Minouillard, je n'ai pas de renseignements bien précis sur son compte, mais

je crois cependant qu'il mourut dernièrement d'une indigestion de souris.

Voici, mes chers petits lecteurs, l'histoire de Trimm, telle que ma grand'mère me l'a contée.

Puisse-t-elle vous servir d'exemple et vous rendre encore meilleurs, si, comme je le pense, vous êtes déjà de bons petits enfants.

# LE

# GANTIER DE TUNIS

———

LE

# GANTIER DE TUNIS

## CONTE

Par CHARLES WARÉE

PARIS

—

1866

CHARLES WARÉE

LE

# GANTIER DE TUNIS

———✦———

Il y avait autrefois à Tunis, deux familles très unies, et qui vivaient sous le même toit. Chacune de ces familles avait un enfant, l'une, un petit garcon à l'esprit vif et intelligent, et qui avait eu le bonheur, en naissant, d'avoir une fée pour marraine, *la Fée du Travail*.

L'autre famille adorait une charmante blondinette, sa fille, qui n'avait pas eu du tout de fée pour marraine, mais seulement une jeune princesse, la plus coquette que l'on n'eut jamais vue, qui ne rêvait que toilette, et qui ne passait son temps qu'à chercher à éclipser par son luxe, toutes les autres princesses ses amies.

Nédim, tel s'appelait le petit garçon, devenu en âge de travailler, dût, d'après les conseils de sa marraine, la Fée du travail, se faire ouvrier et choisir un état, il se fit *Gantier*. Bientôt il

excella dans ce métier, grâce à la protection
magique de sa marraine, et il acquit une si
grande réputation, que toutes les grandes dames
accoururent à l'envie chez son père, pour solli-
citer du jeune ouvrier, des gants qui avaient le
don merveilleux de leur rendre la main beaucoup plus mignonne et plus jolie.

Peut-être, mes enfants, ne vous raconterai-
je pas très bien l'*Histoire de Nédim le Gantier*,
mais je vais faire de mon mieux.

Nédim, notre petit artiste, n'avait des yeux
et un cœur que pour sa petite amie, sa cama-
rade d'enfance, Zuléma, la charmante blondinette, et vous devinez d'avance que sa première
paire de gants fut pour elle. Il était tellement
aux petits soins pour elle, la comblant chaque

jour de cadeaux, et allant sans cesse au-devant
de ses désirs, qu'il finit par la rendre petit à petit, aussi coquette que la princesse sa marraine.

Tout en travaillant jour et nuit, à faire des
gants, pour toutes ces grandes dames, qui les lui
payaient à prix d'or, Nédim réfléchissait à la
coquetterie de sa chère Zuléma et s'en attristait
beaucoup, non à cause de la dépense qu'elle lui
occasionnait, mais parce qu'il s'apercevait que
ce vilain défaut gâtait toutes les qualités de son
cœur, et faisait germer en elle l'orgueil, l'envie,
la paresse, l'égoïsme, et autres vices mons-
trueux.

Les parents de Nédim avaient beau lui adres-
ser des reproches, sur sa faiblesse, à satisfaire tous

les caprices de son amie, il en comprenait la portée, mais lui refuser était au-dessus de ses forces ;

et puis, il l'aimait tant..... Enfin, les choses durèrent en cet état jusqu'à ce qu'ils fussent tous deux arrivés à un âge où, d'ordinaire, on commence à réfléchir.

Un soir, qu'après une journée d'un rude travail, les deux familles étaient sorties de la ville pour respirer l'air en pleine campagne, les deux enfants se donnaient le bras, et Nédim, à la mode des orientaux, racontait des contes merveilleux à Zuléma, pendant que celle-ci, distraite et rêveuse..... de ses petits pieds mignons, qui pareils à des bouts d'ailes..... semblait raser l'herbe fleurie, sans froisser les paquerettes et les bluets qui s'épanouissaient autour d'elle.

Nédim s'apercevant de la distraction de son amie, lui en demanda la cause.

Je ne sais, mon ami, je ne me rappelle plus...

fit Zuléma, en balbutiant et rougissant ; mais en répondant ainsi, elle mentait, la charmante petite blondinette.

Cependant, Nédim la pressa tellement, avec bonté, qu'elle finit par lui avouer qu'elle songeait aux magnifiques gants qu'il avait livrés la veille à la princesse Fatma, gants qui étaient si beaux, si élégamment brodés d'or, qu'elle n'en avait pas encore vu de pareils ; aussi ne pouvait-elle s'empêcher de les avoir sans cesse devant les yeux.

Nédim ne répondit pas, il changea la conversation, mais quinze jours après, Zuléma avait des gants véritablement miraculeux, et qui surpassaient, comme travail et même comme richesse, tout ce qu'il avait fait pour la sultane elle-même.

En faisant ce cadeau à sa petite amie, l'artiste
avait un triste pressentiment; mais Zuléma le
remercia et l'embrassa avec tant de grâce et de
reconnaissance, que sa tristesse fut bientôt dissi-
pée, et il se trouva encore trop récompensé en
voyant la joie que son cadeau répandait sur le
visage de son amie.

Tout alla donc pour le mieux, Nédim était
heureux de voir Zuléma heureuse, et cette dernière était ravie de pouvoir éclipser toutes ces
grandes dames, qui, même au prix de leur for-
tune, ne pourraient jamais avoir une main aussi
bien gantée, et aussi mignonne que la sienne.

Le fait est que les gants qui sortaient de l'atelier de Nédim, devaient être fabriqués par des
fées, car la princesse Fatma, qui avait la réputa-

tion d'avoir une si jolie main; n'était à côté de
Zuléma qu'une cuisinière ou une porteuse d'eau.
Aussi, fallait-il voir comme la petite coquette
était contente, comme elle ne manquait pas
une occasion de faire parade de ses merveilles;
comme elle calinait ce pauvre Nédim, qui, par
toutes ces charmantes gentillesses, se voyait
déjà un avenir parsemé de roses.

Or, il arriva qu'un matin, Nédim, ayant à li-
vrer son travail dans une opulente maison,
située sur les promenades, en dehors de la ville,
proposa cette distraction à Zuléma, qui l'accepta
avec empressement; puis, après avoir soigneusement empaqueté sa marchandise, il la mit sous
son bras, offrit l'autre à son amie, qui n'avait
garde d'oublier ses gants merveilleux, puis ils
partirent.

Ceci se passait en été, la nature était en pleine vigueur, les arbres ployaient sous les fruits, les roses, les jasmins, les chèvrefeuilles embaumaient l'air et jonchaient le sol de leurs fleurs odoriférantes. De temps en temps, une brise parfumée venait caresser le visage radieux de ces deux charmants enfants, qui, à cet âge heureux, voyaient tout en beau. Enfin ils arrivent aux portes du palais, où le jeune gantier est si impatiemment attendu. Avant d'entrer, Nédim jette un regard autour de lui pour découvrir un endroit où Zuléma puisse l'attendre à l'ombre, jusqu'à son retour, car il ne peut la faire recevoir dans le palais avec lui, sa beauté et sa coquetterie excitant trop la jalousie de ses clientes.

Il avise non loin de là, un charmant bosquet de roses sauvages, au milieu duquel se trouve un délicieux banc de gazon; dans cet endroit

solitaire.... derrière ces buissons aux douces
émanations, nul ne découvrira sa chère Zuléma,

si ce n'est l'oiseau gazouillant, répétant dans les branches sa leçon musicale du matin.

Ainsi rassuré, il courut au palais.... mais, il avait compté sans la coquetterie, le pauvre Nédim.... Restée seule, Zuléma se mit à retirer ses gants pour mieux les admirer. Déjà, elle en avait retiré un, qu'elle avait placé près d'elle, sur le banc de gazon, lorsqu'une jeune femme d'une mise éblouissante, vint à passer devant le bosquet où se trouvait Zuléma.

A cette apparition, la petite fille, qui n'avait pas encore vu de toilette si élégante, resta toute interdite, elle semblait n'avoir pas assez d'yeux pour admirer.

La jeune femme s'arrêta en souriant, et demanda à une de ses suivantes :

Qu'elle est donc cette gracieuse enfant, qui se tient si coquettement au milieu de ce bouquet de roses?

Grande reine du monde, lumière de l'élégance, répondit la suivante, en s'inclinant jusqu'à terre, c'est la fleur de Tunis, c'est la charmante Zuléma, la fiancée du jeune Nédim-le-Gantier.

Elle est charmante, fit la reine, car il paraît que c'en était une; quelle jolie main, quel pied mignon, quelle taille gracieuse, disait-elle, en s'extasiant de plus en plus; et que sa blonde chevelure encadre divinement son adorable visage, au milieu duquel je vois jaillir deux feux bleus, qui ne sont pas des saphirs, mais bien les plus beaux yeux que j'aie encore rencontrés....

Entrons.... Ce disant, la jeune femme entra en écartant doucement les fleurs qui lui barraient le passage, et Zuléma, charmée et tremblante tout à la fois, parut à ses yeux plus jolie et plus rose que les roses épanouies qui l'entouraient.

Qui es-tu, enfant? lui dit la reine.

Je suis Zuléma, l'amie de Nédim le Gantier; il est allé porter son ouvrage dans le palais voisin, et j'attends son retour.

Crois-moi, Zuléma, reprit la jeune femme, en lançant à Zuléma un regard d'une coquetterie irrésistible, la malheureuse position que tu occupes et le sort qui t'attend avec Nédim-l'ouvrier, ne sont pas dignes de ta beauté et de tes grâces.

Viens.... suis-moi, continua-t-elle, je suis la
*Fée du Luxe*, mon royaume est celui de la
richesse et de l'élégance ; là, tu auras l'or du
Pérou, les diamants du Brésil, les perles de
Golconde, les parfums de l'Orient, les cache-
mires du Thibet, les mousselines parsemées
d'étoiles, les robes de drap d'or, enfin tout ce
qu'il y a de plus beau et de plus riche et qui
seul, est digne de couvrir tes blanches épaules,
et d'orner ta tête ravissante.

Toutes ces belles choses ? balbutia Zuléma,
dont le petit cœur battait violemment.

Dans ce pays enchanteur, reprit la tentatrice,
tu seras reine parmi les plus belles, et toutes
courberont le front devant ton élégance et ta
beauté, car nul ne pourra rivaliser avec toi....

mais décide-toi promptement.... car j'entends
un bruit de pas.... on vient....

Hors d'elle-même, éperdue, à peine Zuléma
avait-elle murmuré un oui.... si faible, qu'il
fallut le deviner, qu'elle disparaissait soudain,
comme enlevée par un pouvoir surnaturel. Et
quand Nédim, tout joyeux de sa recette, arriva
quelques minutes après.... Il eut beau interro-
ger d'un regard inquiet les fleurs solitaires du
bosquet.... les roses penchées sous la brise
légère, ne purent lui répondre sur le sort de la
charmante fugitive.

Alors, la tête baissée, les yeux pleins de larmes,
le pauvre ouvrier allait reprendre tristement le che-
min de l'atelier, lorsqu'à travers ses pleurs, il
aperçut sur le banc de gazon, le gant que Zulé-

ma avait retiré, et qu'elle y avait oublié; l'embrasser mille fois, le mettre précieusement sur son cœur, fut ce que fit Nédim, puis il rentra et annonça aux familles éplorées la disparition de Zuléma. On fit toutes les recherches imaginables, mais elles furent infructueuses. Ne pouvant surmonter son chagrin, le désespoir s'empara de Nédim, il tomba malade, et force lui fut de garder le lit.

Pendant ce temps, Zuléma avait été transportée dans le royaume de la coquetterie, où la reine la combla des cadeaux les plus brillants, des parures les plus splendides, des joyaux les plus rares, des toilettes les plus riches, et quiconque l'aurait rencontrée, n'aurait jamais reconnu dans l'éblouissante Zuléma, la pauvre petite fiancée de Nédim-le-Gantier.

Cependant les recherches qui continuaient toujours n'avaient abouti à rien, et la maladie de Nédim s'aggravait de plus en plus, au grand désespoir de ses parents, qui l'aimaient beaucoup, et dont il était le seul soutien par son travail.

On était alors en plein automne.

La nature était fatiguée de produire, les arbres ployaient sous les nombreux fruits, les fleurs embaumaient l'air, et la nuit avec ses fraîcheurs parfumées, avec ses délicieuses brises du soir, arrivait de bonne heure.

Nédim sommeillait, et chacun respectant ce sommeil bienfaisant s'était doucement retiré sur la pointe du pied.

Tout-à-coup, un frôlement.... un murmure...

une plainte, non de souffrance, mais de pitié
profonde.... sembla réveiller le malade.

Il ouvrit un œil, puis l'autre, et alors se rappelant sa triste position, il allait les refermer pour ressaisir ce songe, cette illusion si vite envolée et qui le berçait sans doute quelques secondes avant, quand il aperçut au chevet de son lit, une belle jeune femme, vêtue d'une simple robe blanche, et dont une ceinture de même couleur lui dessinait admirablement la taille.

Nédim, lui dit cette gracieuse apparition, je suis ta marraine la fée du Travail, j'ai vu ton désespoir et j'ai résolu de te venir en aide. Zuléma, séduite par la fée du Luxe, la fée la plus dangereuse pour les jeunes filles, a cédé à un mouvement de vanité et d'orgueil, mais elle redeviendra, je l'espère, digne de toi; car elle reconnaîtra que le vrai bonheur, n'est pas là où siégent le luxe et la coquetterie, qui n'engendrent très-souvent que le crime et la honte ; mais qu'il n'existe bien réellement que dans la simplicité, et la vie de famille.

Veux-tu la revoir, ajouta la fée, et tenter un essai.... si elle renonce à ses idées de luxe et de coquetterie, tu la ramèneras à sa famille.... si elle persiste.... abandonne la.... éloigne la de ta pensée... car, par la suite, elle serait cause de ton malheur!.... réfléchis donc bien avant de te décider.

C'est tout réfléchi, s'écria Nédim, en baisant avec transport les mains de sa marraine, mais comment faire pour voir Zuléma, je suis malade, et je ne sais où la trouver.

Que cela ne t'inquiète point, enfant, reprit la

fée du Travail, en souriant, et puisque telle est
ta volonté, elle va s'accomplir.

Or, le même soir, Nédim, au moyen du pouvoir surnaturel que possédait la fée sa marraine,
fut transporté au royaume des coquettes, et ad-
mis, vêtu comme un grand seigneur, à présen-
ter ses hommages à la reine ; car, au royaume
des coquettes, la mise fait tout, et on est toujours bien reçu, quand on a de beaux habits
et de l'or dans ses poches ; personne ne s'inquiète de savoir qui vous êtes, ni d'où vous
venez....

Il y avait ce soir là grand bal à la cour, et,
sur la recommandation de sa marraine, qui lui
avait donné ses instructions à cet égard, Nédim

avait précieusement gardé sur lui le fameux gant, oublié par Zuléma sur le banc de gazon.

Pendant sa réception, la reine des coquettes n'avait rien eu de plus pressé que de questionner Nédim, en sa qualité d'étranger, sur les modes et les merveilles de son pays, et de son côté, celui-ci avait adroitement amené la conversation sur la beauté des mains des femmes de son pays, en avait beaucoup vanté la petitesse, et, pour prouver la vérité de ce qu'il avançait, il avait offert quelques paires de ses gants microscopiques à la reine, qui avait essayé, mais vainement, d'y faire entrer le bout de ses doigts, quoiqu'elle eût aussi la main petite et très-bien faite. Et comme elle se lamentait de ce qu'ils étaient trop étroits pour elle, croyant par cela sa réputation perdue! « Ne vous désolez pas de ce petit inconvénient, ô reine, lui dit Nédim,

nulle femme de votre gracieux royaume n'a une
main assez petite pour pouvoir faire usage de
ces 'gants ; quant à celui-ci, ajouta-t-il, en mon-
trant celui de Zuléma, il n'y avait qu'une fille au
monde capable de se ganter avec.... elle n'est
plus.... et aujourd'hui nul être humain n'aura
le droit de le posséder. Vos salons seront bientôt remplis d'une foule de jeunes beautés, per-
mettez-moi de vous donner la preuve, qu'aucune
d'elles, n'a la main aussi fine que celle de la
femme la plus simple de mon pays.

La reine, enchantée, accepte en riant, et Nédim fit son entrée dans les salons au milieu des
regards curieux, et il ne tarda pas à reconnaître
Zuléma.

Le bruit se répandit bien vite, parmi les

dames, du défi lancé par l'étranger, au sujet de
la beauté et de la petitesse de leurs mains; et
beaucoup parmi elles ne voulurent pas subir
l'examen. Quelques unes, cependant, poussées
par la curiosité se risquèrent, mais toutes durent
y renoncer à leur grand désappointement. Enfin,
vint le tour de Zuléma, qui, sur l'invitation
expresse de la reine, prit un des gants, sans
reconnaître Nédim, et le ganta avec la plus
grande facilité, à l'admiration générale; alors
l'ayant retiré avec un air de dédain, elle le re-
jeta sur la table, en disant: il m'en faut de
beaucoup plus petits.


J'en possède un comme souvenir, et qui ne
me quitte jamais, répondit tristement Nédim, il
appartenait à un ange, qui était bien aimé....
bien chéri.... et qui tout-à-coup a disparu....

lui seul avait le pouvoir de faire usage de ce gant, car lui seul au monde, avait une aussi petite main.

A ces paroles, Zuléma baissa les yeux en rougissant, peut-être, dans ce grand seigneur, si richement vêtu, venait-elle de reconnaître son ami Nédim-le-Gantier...

Mais, il est inutile de le montrer, ajouta Nédim, et de froisser de nouveau l'amour-propre des dames de la cour, car je suis convaincu qu'aucune d'elles, quelque jolie et petite que soit sa main, ne saurait l'y faire entrer.

En disant cela, Nédim tirait le précieux gant de son sein et l'embrassait avec émotion; toutes les invitées s'étaient rapprochées, et certaines

d'avoir leur revanche, jouissaient d'avance de
la défaite de Zuléma; mais à leur grand désap-

pointement, le gant allait à sa main, comme s'il
eût été fait exprès pour elle.

Un moment on la vit agitée d'un tremblement convulsif, un violent combat se livrait en elle, puis tout-à-coup, tombant à genoux, elle versa un torrent de larmes, en s'écriant! « Nédim, mon seul ami, pardonne-moi....

Nédim la reçut dans ses bras, et la combla de caresses. En ce moment, la bonne fée du travail était venue se placer à ses côtés, en voyant le repentir de Zuléma.

Le lendemain matin, la petite transfuge était rentrée dans sa famille, bien guérie de sa coquetterie, et bien persuadée qu'elle ne trouverait le bonheur qu'au sein de sa famille et auprès de son ami Nédim, qu'elle épousa par la suite et qui la rendit très-heureuse.

FIN.

www.ingramcontent.com/pod-product-compliance
Lightning Source LLC
Chambersburg PA
CBHW070810260626
47161CB00006B/2226